KB145754

# 오월은 간다

서현숙 제2시집

시음사
시사랑음악사랑

# 사랑을 실천하는 시인 서현숙

서현숙 시인을 보면 가장 먼저 떠오르는 단어가 "믿음, 소망, 사랑"이다. 인간은 끊임없이 완전한 사랑을 갈망하고 또 모든 것이 사랑으로 이루어지기를 소원한다. 인간이 현실적인 한계를 벗어나 만족을 얻고자 하는 욕망의 표현이라 할 수 있는 방법이 바로 사랑일 것이다. 어렵고 정답이 없는 주제를 시에서는 어떻게 다루고 있는지 궁금한 독자라면 서현숙 시인의 시집을 통해 시인만의 사랑법을 공감해 보는 기회가 될 것이다.

로마에서 그리스도인들에 대한 큰 박해가 있던 시절 세 자매, 큰딸 피데스(믿음), 둘째 스페스(소망), 셋째 딸의 까리따스(사랑)는 신앙을 버릴 것을 종용받았을 때 큰딸 믿음 "나는 주님을 믿을 뿐입니다" 했고, 둘째 딸 소은 "나는 천국을 바라볼 뿐입니다." 했고, 셋째 딸 사랑은 "나는 예수님을 사랑해요"라고 한 뒤 순교로 유래된 "믿음, 소망, 사랑"의 힘을 서현숙 시인은 詩心으로 표현하고 있다.

늘 시 짓기를 고민하면서 삶에서 주제를 찾고 몸으로 실천하는 서현숙 시인, 시(詩)는 늘 발전해왔고 또 앞으로도 새로운 시도의 시(詩)로 독자와 함께하겠다고 고백하는 서현숙 시인이 "오월은 간다" 제2 시집을 독자를 위한 편안한 시적 감각으로 엮어 사랑을 실천하는 많은 독자와 함께하려 다시 길을 찾아 나섰다. 서현숙 시인의 2 시집 "오월은 간다." 속에서 정서적 편안함과 행복한 마음을 함께하길 바라며 기쁜 마음으로 추천한다.

(사)창작문학예술인협의회 이사장 김락호

## 시인의 말

어느 사람이든지
'가슴이 뛰는 일을 하는 사람은 행복하다'
詩를 쓸 때
가장 가슴이 뛰고 행복했으면 하는 생각을 하며
시인으로 등단한 지가
올해로 10년의 세월이 흘렀습니다

'들 향기 피면'의 제1 시집을 출간하고
어느새 8년이란 세월을 지나
제2 시집을 묶을 수 있어 매우 기쁩니다
그동안 많은 문우와
Daum, NAVER 블로그를 통해
글을 나눌 수 있었던 것도 감사했습니다

오래된 노트 속에서 잠을 자던 시어들이
여러 번의 수정작업을 거쳐
세상에 나가는 詩 한 편, 한 편이
독자들의 애송하는 詩가 되어
마음에 감흥이 일어나길 바라며

짙푸른 숲의 녹음이 우거진 호국의 달 유월에
나라를 위해 몸 바친
수많은 영현들께 머리숙이며
'오월은 간다'는 시집을 출간하게 되어
감사한 마음 전합니다.

2021년 6월
서 현 숙

\* 목차 \*

## 제1부 오월은 간다

# * 목차 *

## 제3부 사랑의 결실

\* 목차 \*

# 제5부 사색의 길

QR코드 스마트폰으로 QR 코드를 스캔하면
시낭송을 감상할 수 있습니다.

본문
시낭송
감상하기

 제목 : 오월은 간다
시낭송 : 박영애

 제목 : 여행을 떠나리라
시낭송 : 박순애

 제목 : 그곳에 가고 싶다
시낭송 : 최명자

 제목 : 사랑의 결실
시낭송 : 박영애

 제목 : 동백꽃 사랑
시낭송 : 최명자

 제목 : 그리운 사람아
시낭송 : 박순애

시인은 자연을 이야기하고
시낭송가는 자연을 품었다.
글자는 날개를 달아 언어로 날고
소리는 자연에 눕는다.

# 제1부 오월은 간다

비가 내리면
숨 막히도록 보고 싶은
그대가 그리워

눈물이 난다

# 군자란

집에서
키우는 너는

추운 겨울에도
참고 견디어

마침내 봄이 오면
먼저 일어나
인사하는 너는

이름도 아름다운
군자란다.

# 꽃잎이 진다

하얀 벚꽃 창가에
꽃비 내리고

수정같이 영롱한
그리움 담은

옛 그림자와 함께
찾아왔지만

찰나 돌아선 그 마음
달랠 길 없어

속절없이 흐르는
이 내 설움이

눈물비 되어
한없이 흘러내린다.

# 유채의 노래

햇살 머금은 향기
바람에 흩어져

기쁜 가슴의
빛을 뿜어내고

조용히 올려다본
파란 하늘 아름다워

끝없이 펼쳐진
싱그러운 유채의 미소

봄의 전령사
해맑은 꽃을 피우리라.

# 겨울 속의 봄

창밖에는
소리 없이 내리는 눈
커피 향과 음악 소리 들으며

그칠 줄 모르고
소복이 쌓여가는 흰 눈

머지않아 봄이 오고
곧 가야 할 겨울 막바지에

아쉬움과 미련으로 남아
뒤돌아봐도

자연의 섭리 따라
물 흘러가듯 가고 있다.

# 봄이 오면

봄이 오면
농부들은 씨앗 뿌려
희망 노래 부르고

풀잎들은
바람결에 살랑살랑
산천을 푸른 옷 입힌다

가끔 진눈깨비
심술부리며 찾아오면
에둘러 길 떠났던 그들이

내 마음에 찾아와
꽃 피고 새 우는
그리움으로 피길 염원한다.

# 숲길 걸으며

노란 산수유 숲길에 피고
파릇파릇 연둣빛 사랑스럽고

방긋 웃는 진달래 손짓하면
싱그러운 솔향이
답답한 가슴을 뚫어 주고

높은 하늘 꼭대기
뻗은 소나무 솟아나는 기운은

침묵 속에서도
생명의 신비 푸른 싹 틔우고
봄을 향해 달린다.

# 봄이 머뭇거립니다

오려다가 잠시 머뭇거리는 것은
더 아름다운 봄다운 봄을 걸치고
오려는가 보다

글쓰기까지는 많은 생각이 필요했고
봄처럼 머뭇거리기도 한다

서로 나눌 수 있는 분들이
기다리고 있을 거라는
막연한 기대에 글을 쓴다

보이지 않아도 볼 수 있고
들리지 않아도 들을 수 있고
느끼지 않아도 후각이 자극하는

그런 아름다움이 터치되는
신명 나는 나눔이 시작되리라는 믿음
한 줄에도 진실함이 묻어나

자꾸 되돌아보게 되는 마음의 글
오늘도 기쁨을 나눌 분이 찾아올 것 같아
동구 밖 서성인다.

# 억새의 사랑

붉은 노을빛 물들 때
생각하면 아프기만 한 사람

어디서 무얼 하며 살고 있는지
사나운 바람 소리 서걱거리면
애타는 마음으로 울고 있다

가파른 언덕길에
허전한 마음
추스르지 못하고 쓰러질 듯

정지된 풍경
침묵 같은 고요는
깊은 곳에 묻어둔 고통이다.

# 채송화

꽃밭 가장자리
빨강 노랑 분홍
아장아장 피어 있는 너

백합처럼
순결하지 않고
장미같이 화려하지 않아도

그들의 그늘 밑
나무 아래

불평 없는
너의 삶 내려놓는데
낮추고 낮아져 땅에 붙었다.

# 나팔꽃

예쁜 연분홍
수줍은 신부의
저고리 같아

고운 마음은
낭군님 기다리는
새색시 같아

푸른 넝쿨 따라
이른 아침에 피고
저녁에 지더라도

사랑은
한여름 뙤약볕
타는 듯 익어간다.

# 오월은 간다

초록이 짙은
비 내리는 산자락
아카시아꽃
흐드러지게 피더니
아! 오월은 간다

빗물에 젖은
꽃잎은 스러지듯
눈물 되어
속절없이 지는가?

꽃 피는 오월이
저물어 갈 때
마음에도 슬픈 비
뚝뚝 떨어져

비가 내리면
숨 막히도록 보고 싶은
그대가 그리워
눈물이 난다.

제목 : 오월은 간다
시낭송 : 박영애
스마트폰으로 QR 코드를 스캔하면
시낭송을 감상할 수 있습니다.

# 소중한 시간

시간의 하루가
끝이 날 때

이렇게도
소중한 순간인 것

지나고 나면
언제나 그랬듯이

뜨거운 눈물
아쉬움만 남고

안타까움에
발만 동동 구른다.

# 꽃 피고 질 때

꽃 필 때 눈비 바람에
애처롭게 흔들려
아픔으로 피더니

짧은 생명
꽃비가 눈물처럼 내려도
곱기만 하여라

또 다른 시작
향기 떠난 그 자리에
열매 맺길 바라며

낮은 곳으로
더 낮은 곳으로
하늘하늘 내려앉아라.

# 삶의 향기

꽃은 필 때
떨어질 것
계산하지 않으며

열매 위해
기꺼이 희생하고
삶을 내린다

人生의 길
욕심의 그릇
가득하면 추하고

비우면 향기 되어
마음속에 머물고 아름답다.

# 백합

순결한 그대 모습
예수님의 어머니
성모 마리아

사랑하는
영혼의 어머니

당신은
순정의 두 손 모아

오늘도 우리를 위해
기도하신다.

# 비가 내린다

하염없이 내리는 비
내 마음의 슬픔
씻어주고

내 마음의 아픔
닦아 주며

내 마음에 낀
찌꺼기 한점도 없이

맑고 밝게 살도록
깨끗이 떼어 주고

비가 내린다.

# 하나님 사랑

말씀으로 세상을 창조하시고
인류의 구원을 위해
예수님 보내셨다

십자가 흘린 보혈 믿기만 하면
새 생명 영생 약속하시고
한없는 구원 은혜
내려 주시는 하나님 사랑

내 것만 고집하며
살아온 지난 내 모습

집을 나간 아들이
아버지께 돌아와 뉘우치듯
당신의 큰 은혜 간구합니다

우리 죄 대신 지신 십자가 사랑
그 크신 은혜로 용서하시고

말씀과 기도 찬송, 부르면
성령이 오시며 기뻐하신다
끝이 없는 사랑 하나님 사랑

# 봄이 온다

이른 아침 산과 들에
영롱한 물방울로
들 향기 피어나면

아지랑이 저만치
아롱거리고
개울 물소리가 졸졸
버들잎 바람결에 하늘거리며

길가는 아가씨들
상큼한 옷차림에서
구두 소리 똑똑 봄이 온다

자목련 꽃봉오리 피고
물오른 가지에
연둣빛 봄이 온다.

# 달맞이꽃

달 뜨면 임을 보듯
온몸으로 마중 가는
너의 이름 달맞이꽃

노란 그리움
여리디여린 이파리
줄기 기둥 세워 어여쁘다

외로운 들길 다소곳이 피어
낮과 밤 바꾸어
밤에 핀다

달 뜨면 두 팔 벌려
밀어를 속삭이며
임을 안고 돌고 돈다.

# 들 향기 피는 길

추운 겨울 이겨 낸 유채꽃
노랗게 물들면
쑥부쟁이 민들레
들 향기 피는 길


양지바른 언덕 위 작은 들꽃
향기로운 바람 불면
일렁이는 수줍은 미소


연초록 고운 물결
오월의 잎새
내 마음도 살랑살랑
푸른 옷 갈아입고


사랑과 기쁨의 꽃 피우면
초록 내음 넘치는
들 향기 피는 길

# 제2부 여행을 떠나리라

침묵의 강
고독의 강이 흐르는 날
마음 쉴 곳으로
언제든지 떠나고 싶다.

# 봉선화

울타리 따라
사뿐사뿐
하얀 저고리 빨간 치마

아가씨 가슴 콩닥콩닥
바람 불면 안 된다
살래살래

우리임 백마 타고
동구밖에 오시나
살래살래

불볕더위
뜨거운 여름 볕에
살래살래 미소 지어요.

# 산딸기

시골 마을 산언덕
뙤약볕 아래

푸른 이파리 속
가시가 돋친 나무에
매달린 알맹이들

알알이 영글어 빨개진
새콤달콤 향기의 맛

햇살 받아 익어간
달콤한 넌

탐스럽게
무더위에 지친 날
입맛 돋운다.

# 올레길

봄비가 후두두
낙숫물 똑똑
삼라만상은 깨어나고

대지가 파릇파릇
푸른 옷 입고
봄 향기, 아지랑이

달콤한 소리 들려오는
노란 산수유꽃
언덕을 물들이면

사랑하는 그대와
함께 걷는 이 길은
그림같이
아름다운 올레길이네.

# 새벽길

뽀얀 안개
흩뿌리는 새벽길

울창하게 뻗은
대나무 숲
피톤치드로 가득하니

꽃비 내린 숲속에
바람이 일고

오솔길 피어나는
이름 모를 들꽃

새소리
바람 소리
계곡 물소리

산자락마다
한 폭의 그림 같아라

# 문경새재

문경새재는
하늘과 산이 맞닿아
가장 높고 험하며

새도 날아서
넘기 어려운 아리랑 고개
첩첩산중을 넘어

휴양림 숲속 길은
신선한 공기
맑은 물 흐르고

옛 선비들 한양으로
과거 보러 가던 청운의 길

길손들의 숙식 제공하던
동화원에 이르니
피곤한 몸 쉬고 싶다.

# 여행길

그림처럼 펼친 한적한 마을
모악산의 길 따라

소풍을 떠나는데
쑥은 예나 지금이나
지천으로 널려서 봄을 알린다

돌담은 올레길처럼
이어진 길 고향 같고

여행의 풍경 세상의 모든 길
살아가는 삶이 담기고

길에서 만났던 수많은 사람
자박거리며 걷는 이 길

넉넉한 인심이 어우러지는
그런 곳에서 여행의 맛 느낀다.

# 황토집

도시의 삶은
불량 먹거리로 가득하다

편백 기둥으로
황토집을 지어

염소도 뛰고
온갖 꽃 피어나는
청정 지역 이곳에

아토피 걸린 아이
살다 보면

자연치유 되어
행복한 삶 묻어나는 곳

풀 뜯는 산양도 소풍 나와
에헤헤 웃는다.

# 유월이 오면

산천은 푸르고
짙은 향 아카시아
코끝에 스미는데

슬프도록 아름다운
핏빛 같은 장미꽃
수놓은 이 길은

조국에 몸 바친
이름 모를 영혼들이
기다리는 유월이 오면

뼈에 사무치듯
통곡하고 오열하던 그들 가족은
눈물이 마를 날 없다.

# 자연의 순리

씨앗은 땅에 떨어져
썩어야 꽃 피고 열매 맺으며

햇볕이 쏟아지는
낮을 지나 밤이 오리니

어둠이 깊었을 때
새벽을 향하고

장마가 있는 여름을 지나
풍성한 가을로 가리니

자연을 통하여
사람이 살아가는
이치를 깨닫게 된다.

# 인생은 흐르는 물

인생은
흐르는 물 같아라

젊은 날
한 번 가면 못 오고
두 손 펴고 가는 인생

욕심 버리고
물같이 살아라

높은 곳에서
낮은 곳으로 흐르는
겸손함을 보고

골짜기에서 흘러
냇물 강물이 되어
바다를 품는 넉넉함을 보아라.

# 비 오고 바람 불어

창밖엔 봄비가 촉촉이 내리니
시간은 소리 없이 흐르고
이제 이 비 멈출 때
예쁜 꽃 또 다른 생명으로 떨어지며

오고 가는 자연의 질서 따라
다음 생을 기약하고 떠나가지만
하얀 목련꽃 흑갈색으로 변해
떨어지는 것 바라보니

흙에서 나와 다시 흙으로
돌아가는 것을 알면서도
이 세상 바람 불고 비가 내려

세월의 유수를 품어 안고
검은 머리 파뿌리 되는 날까지
잊고자 발버둥을 치며

아! 살아온 인생길 흐르는 물과 같고
떨어지는 꽃잎과 같다는 것을
이제야 알 것 같다.

# 백두대간 따라

그 옛날 백두대간 지나는
울진의 깊은 산골

꼬불꼬불 산길 넘나드는 보부상
높고 험준한 열두 고개

해산물과 소금 지게에 지고
가던 길 경치는 절경이다

비좁은 길 아찔한 벼랑
고갯마루 서낭당 가파른 고갯길

무사 안녕을 기원하며
마다치 않고 넘었던 이 길의 역사

수백 년이 흘러 보부상 비석은
험준한 고개 넘나드는 나그네 지킨다.

# 나그네

새벽에 풀밭 지나면
이슬 떨어지고

햇살 가득 피면
무너지는 이슬

바람은 불고 흔들어
구름은 하늘 속에
갇혀 있고

내 삶도
흔들리는 차창 너머
정처 없는 나그네

# 공존의 삶

봄이 무르익어
하루가 다르게
숲은 온통 연둣빛 물들고

황토 속에는
촉촉하고 영양분이 많아
지렁이 굼벵이도 살고

강은 사람들에게
풍족한 삶의 터전 내주고

농약을 쓰지 않은
비옥한 땅으로 만들어
주변에 습지 식물 심어

강도 살리고 동물도 살리면
사람도 살 수 있는 자연환경이 된다.

# 여행을 떠나리라

살다 보니
울적하고 쓸쓸한 날
어디론가 훌쩍 떠나고 싶어

인적이 드문 산사
새소리 지저귀는 맑은 계곡
흘러가는 물소리 들리는 곳에

고기잡이배
파도와 갈매기 춤추는 바닷가
모래사장을 지르밟아도 좋은 곳으로

멀면 멀수록 조용한
그곳으로 달려가서
복잡한 생각 다 내려놓고
홀가분히 노닐다 오고 싶을 때

침묵의 강
고독의 강이 흐르는 날
마음 쉴 곳으로
언제든지 떠나고 싶다

거기서 쉼을 얻어
재충전할 수 있는 여유를 즐길
그런 여행을 떠나리라.

제목 : 여행을 떠나리라
시낭송 : 박순애
스마트폰으로 QR 코드를 스캔하면
시낭송을 감상할 수 있습니다.

# 가을의 소리

찬바람에 떨어진
낙엽 소리 부스럭, 부스럭

후미진 내 가슴에
내려앉은 무거운 돌덩이

버선발 내달으며
눈물범벅 흐르던 세월이

하얀 밤 지새우고
울부짖던 이별의 소리다.

# 가을 길 떠나라

붉게 물든 가을빛
그리움으로 머물며
어제 내린 빗물로 인하여
고운 색채 눈부시다

잠시 숨을 고르듯
하던 일 멈추고
깊어가는 가을 찾아
떠나보는 것은 어떨까

빠르게 지난 세월
덧없음도 접고
아득하기만 하던
천고마비의 계절에

무덥던 여름 가고
시원한 바람이 부는 날
푸른 하늘 벗 삼아
가을 길 떠나라.

제2부 여행을 떠나리라

# 지나온 길

물안개 피어난 호숫가에서
지나온 길 돌아보니
얼룩진 눈물 자국 수없이 많은데

버려야 할 것 버리고
담을 것 담아야지
가야 할 길 바로 갈 수 있는
지혜 내려놓고

지나온 그 길
다시 가라고 하시면
내 마음 슬픔 더욱 진해 지리라

모르고 가는 길 행복이지만
알면서 가는 길 괴로움이리
아프고 외로웠던 지나온 길
힘들어 처연한 울음

산 넘고 물 건너

바람 부는 천 리 길

험한 고난의 그 길 따라


지나온 길 눈물의 길

돌아보며

묵묵히 나의 길을 가리라.

# 솔 향기

심하게 쏟아지던 폭우
멈추고 난 후

적막하리만치
고요하게 흐르는 밤하늘
먹구름에 덮였고

희뿌옇게 보이는 것은
새벽이 온다

산자락에 자리 잡은
아파트 창문 여니

솔 향기 바람 타고
가을이 오나 보다.

# 그곳에 가고 싶다

이른 새벽
싱그러운 공간

질주하는 차
사람의 발걸음 소리

오늘도
하루가 부산하다

창문을 활짝 열고
청명한 새날을 맞으며

수평선 너머
갈매기 파닥거리는 찰나에
태양이 차올라
동해를 붉게 물들인다

선율처럼 출렁이는
물결을 바라보노라면
잃어버린 추억이 춤추는
그곳에 가고 싶다.

 제목 : 그곳에 가고 싶다
시낭송 : 최명자
스마트폰으로 QR 코드를 스캔하면
시낭송을 감상할 수 있습니다.

# 제3부 사랑의 결실

가을이 깊어갈수록
당신 생각도 깊어가는
늦은 어느 가을날
사랑은 그렇게 곱게
가을처럼 다가옵니다

# 사랑하는 당신

바람 불고 비 내리는
가슴 허전한 날에도

눈물 나게 슬픈 날
아주 좋아 기쁜 날에
칠월의 뜨거운 태양 아래도

장미 넝쿨 담쟁이 넝쿨
아름다운 날에도
늘 함께하고 싶은

그리움은 간절하여
눈이 시리도록 보고 싶은 사람

사랑하는 당신이
오늘따라 몹시 그립습니다.

# 익어가는 소리

가을이 오면
탐스러운 열매 익어가고

코스모스
바람길 한들한들
내 가슴 설레며

창가에 앉아
뜨거운 커피 한 잔
사이에 두고

수줍은 연인의 사랑
바스락거리는 곡식도
알록달록 곱게 익으리라.

# 은혜의 날

새벽하늘 빛난 별
참빗 같은 초승달
곱게 돋아

이슬 맺힌 작은 꽃
수줍어 웃고

크신 은혜와 사랑
울어버린 새벽

기도 시간
응답의 편지
하늘로부터 오시니

뛸 듯이 기뻐
말할 수 없고
표현할 길 없어라.

# 그리움만 쌓이고

여름 가고 가을이 오는데
그리움만 쌓이고
서늘히 내려앉은 바람
처마 끝 대롱대롱 물방울

철 따라 피고 지는 들꽃
흐르는 시냇물 소리가
그리운 사람을 그립게 한다

청 청 하늘 바라볼 때
그리움만 쌓이고
농부들이 흘린 땀방울
알알이 영그는 가을 들판

아니 벌써 어느 사이
들녘을 수놓은 이삭들이
바스락거리며 익어가는 소리가
그리운 사람을 그립게 한다.

# 사랑의 결실

가을이 깊어갈수록
당신 생각도 깊어가는
늦은 어느 가을날
사랑은 그렇게 곱게
가을처럼 다가옵니다

모래알처럼 많은
숱한 세월 흐르고 흘러도
당신과 나는
거부할 수 없는 인연으로
가을처럼 살아갑니다

때로는
궂은비와 찬비 내려도
언제나 내 곁에
버팀목으로 남아
사랑의 열매 익어가도록

용광로처럼 뜨겁게

달아오르는 사랑

얼음처럼 차갑던 내 마음

녹여버리던 그 날의 기쁨이

가을처럼 다가옵니다.

제목 : 사랑의 결실
시낭송 : 박영애
스마트폰으로 QR 코드를 스캔하면
시낭송을 감상할 수 있습니다.

# 그대 향기

창밖에는 가을비
속절없이 내리고

빗방울 같은
수많은 이야기 나누던
그 날밤이 그립습니다

그대는 돌아서서
저만치 가는데

그리운 마음은
어느새 바람 타고 내려와

애잔함을 전한
그대 향기 그립습니다.

# 모란이 피면

먼 하늘 바라보면
행여 오실까

붉게 핀
그리움처럼

꽃길 걸어가면
임의 소리 들리실까

꽃물 든
옷자락처럼

그 꽃이 피는 날
그대 사랑도 피어날까.

# 꿈속의 여행

꿈속의 그리움이
여기 전개되고

파란 청춘의 풋과일
분홍 사랑의 향기

빨강 피처럼 아픈 것
참아내는 꽃이여

하얀 흰 구름 뭉게구름
떠가는 물거품이여

아 세월의 고단함
꿈처럼 아름답게 승화한다.

# 팔월의 기도

팔월에는 녹음이 우거진 산
새와 바람 물소리 벗 삼아
가던 걸음 멈추고 쉬게 하소서

쉼을 통한 영성 회복
성령의 바람
내 안의 미운 마음 싸매고 치유하사

사랑의 꽃을 피워
하나님 자녀로 살게 하소서

태양 아래 곡식이 익어가고
내 심령 주님 향해
처절한 회개가 있을 때

죄의 길 단호히 돌아서고
눈물로 기도하고 말씀 들으면
내 영혼 회복되어

감사의 꽃을 피워
하나님 기쁨이 되게 하소서.

제3부 사랑의 결실

# 억새 풀

눈과 마음으로 느끼고
손으로 잡을 수 없는
그리움 하나

쓸쓸하고 힘들어
우울할 때
외로운 마음 달래 줄
그리운 임아

바람 불면
꺾일 듯 흔들리며
기다리는 마음
타는 갈증 목마름으로

산 중턱 외로운 길
흔들리며 피어난다.

# 초가을

무더위
밤에는 열대야(夜)
잠 못 이루던 여름 가고

가을은
소리 없이 찾아온
손님처럼 오고 있구나

아우성치듯
울던 풀벌레
매미 소리도 멎고

내 몸은
밤의 찬 기온으로
포근한 이불 속을 찾고 있다.

제3부 사랑의 결실

# 사랑하는 마음

사랑하는 마음
가슴 터질 듯
기쁨의 샘 솟는다

수많은 날
온 밤 하얗게 지새며
울어야 했던
가슴 아픈 기억을

하늘 저 멀리
홀가분하게 날려
버릴 수 있을 것 같은

그 사랑의 기쁨
가슴 가득
묻어둔 감동이다.

# 만추

추적추적 비가 내리는 날
가슴에 담아둔 그대 생각하며
사랑의 세레나데 부릅니다

보고 있어도 보고픈
그리운 임이여
애틋한 여정 가을비 내려 추워도

인생은 세월에 삭는 것
자연의 섭리라
그리움의 별곡
연민의 계절입니다

붉게 탄 낙엽 위
내 마음 조각조각 띄우며
마지막 남은 만추
고운 풍경 노래합니다.

# 흐르는 세월

쉼 없이 흘러가는
봄의 흔적은

푸른 숲 맑은 물에
이끼 낀 돌 하나하나에

숱한 추억이 묻어나는
이야기 남기고

젊음의 여름 지나
가을 향기에 취해

어느덧 겨울바람
움츠리는 세월 따라

깊어가는 그리움 안고
어디론가 떠나고 싶다.

# 당신 생각

어둠이 깊어가고
소리 없이 흐르는
눈물 같은 비

그칠 줄 모르고
하염없이 창밖에
흘러내린다

하얀 그리움
은은히 밀려오면
잠은 이룰 수 없고

어디선가 들리는
고운 노래가
당신 생각에 젖어
더 깊어가고

이 밤
지새워도 좋을
보고 싶음에 목멘다.

제3부 사랑의 결실

# 굵은 빗소리

비바람 울부짖는
자연의 소리 나뭇잎 흔들고

굵은 빗소리는
그리움 주고 가버린 사람

사무치도록 기다리다 지친
영혼의 울부짖음
고독한 나그네의 외로움이다

흩뿌리고 지나간 산자락은
한 폭의 그림 같다.

# 그리운 동무

넓은 운동장 고무줄 잡고
토끼처럼 뛰어놀았고

시냇물에 공깃돌 주워
느티나무 그늘에 앉아 놀았다

땅따먹기한다고
뼘으로 재어 다투기도 했다

팽이 돌리던
머슴애는 어디 갔는지
깡충거리고 뛰던
내 동무 경옥이가 보고 싶다.

# 하늘 속 바다

시리도록 파란
하늘 열리고
바다가 그 속에 사는가

구름아 지나다가
물어보아라

푸른 호수 위
구름이 실바람 타고

뽀얀 안개
따라가거든
하늘이 그 속에 사는가

바람아 지나다가
물어보아라.

# 들국화 사랑

송이송이 들국화
화관 만들어

가신 임 그리워
소리 없이 두고 간
들국화 사랑

그대를 위해
순결한 하얀 꽃 피워

못다 한 임의 사랑
가슴 속에 묻어

한없는 사랑
고운 정 주신다더니
어이 해서 못 오나

애달픈 눈물
그리워 그리워서
먼 하늘 바라본다.

# 찬란한 눈물

내가 진 짐이
무거워 벗고 싶었고

고통스러워 흘린
찬란한 눈물 닦으며

주어진 환경 원망
불평을 쏟고 싶었습니다

그러나 이제는
그 짐으로 나를 알고

소박한 삶을 통해
남의 고통 느꼈으며

겸손과 기쁨
사랑과 용서도 알았으며

세상에서 값진 일
찾아 기쁘게 살겠습니다.

# 사랑의 기쁨

그대 처음 만난 어느 봄
머릿속 새하얗고


아무 생각할 수 없이
마음은 온통 당신 생각뿐


가슴 터질 듯 기쁜 샘 솟아
어찌할 줄 모르고


그대 사랑 순결하여
바라볼수록 아름다워


두 눈에 흐르는
눈물이 사랑인가 봐


그것은 가슴 가득히
차오르는 감동이어라.

# 제4부 동백꽃 사랑

천둥 번갯불에
내 기억 앗아가도
마음속 깊이
남아 있는 그대

나는 당신을 위하여
순결한 여인의 핏빛 같은 꽃으로
피었습니다.

# 제주 해녀

창밖에 내리는 비
가신 임의 눈물
철썩이는 파도 소리
피우지 못한 꽃

파도에 실려 오는
바람 소리가
가슴 깊이 들어가고
험한 파도와 싸우러 나간다

천 길 깊은 물 속
전복 따고 소라도 줍고
문어와 성게도 따서
돌아오는 길

풍성한 먹거리
해산물 하나하나는
어쩌면 그녀의 눈물이다.

# 어느 해녀의 삶

바람 부는 제주도
부푼 꿈 안고
여리디여린 고운 얼굴
사랑하는 임을 따라 시집왔다

비바람 몰아치고
풍랑이 일던 어느 날
고기잡이 갔던 임은 오지 않고

녹록지 않은 현실 가시밭길 해녀
생과 사 갈림길에
잠수복 차려입고 이 한 몸 던져
천 길 물속으로 빠져가는

고단한 삶의 행진
뼈 아픈 육신의 소리
험한 여정의 길은 멈출 수 없다.

# 가장 아름다운 모습

어느 화가가 이 세상에서
가장 아름다운 모습을
그려보기로 하고 길을 나섰다

개선장군 말 타고 입성하고
젊은 남녀가 꿈에 부풀어
결혼식 하는 장면도 그렸지만
마음에 들지 않아 방황하던 어느 날

가족을 위해 앞치마 두르고
음식을 장만하는 아내
식탁에 둘러앉아 손에 손잡고
기도하는 가족의 모습을

행복의 찬 미소
가정의 소중함을
정성껏 그려 붓끝으로 남겼다.

# 산새 소리

구슬프게
울고 있는 산새 소리

고독하고
외로이 가는 죽음길

보고 싶은 임의 창가
허기진 마음 찾아왔지만

임은 없고
빈터만 남아
쓸쓸히 돌아서 눈물 흘리고

애처롭게
우는마음 두고 갑니다.

## 어촌 마을에

갯내음 풍기는 바닷길
어촌 마을에

칼바람 몰아치는
혹독한 추위
고기 잡는 어부들의 삶

바닷길 거친 파도 속
눈물 섞인 밥으로 고행을 하며

돌아보면 아쉽고
지우고 싶은 쓰라렸던
삶의 자락을 보듬으며

해야 솟아라
희망의 닻을 올린다.

# 메리 크리스마스

예수 그리스도
이 세상 오실 때
어둠 속에 하얀 눈꽃 내리고

산에도 들에도
나뭇가지마다
어여쁜 눈송이 피었습니다

가없는 희생으로
십자가의 길
약속과 생명 눈물의 길

깨끗한 아기로
죄 많은 사람 구원하실 구주로
예수 님 세상에 오셨습니다.

# 함박눈

잿빛 하늘에
사락사락 눈 내리는 소리

산과 들 나뭇가지마다
눈꽃은 활짝 피고

좋아라, 뛰는 동네 아이들
덩달아 뛰는 강아지

가는 곳곳마다
발자국들이 도장 찍었다.

# 하늘을 보며

하늘을 보며
슬퍼하고 지내던 날
하나님 말씀하신다


슬플 때
하염없이 내리는 비
하늘도 우시며
젖은 몸 말리라


외로울 때
저녁노을 아쉬움 남기고
가장 화려한 모습으로
지는 태양을 보라


기쁠 때
네가 가진 행복
해맑은 소녀의 웃음처럼
나누라 말씀하신다.

# 동백꽃 사랑

잊어야 하는 그대를 잊지 못해
그리움으로
숨이 멎을 듯 아픈 신음을
토하고야 말았습니다

모진 풍파 속
눈, 비, 바람 불어와
내 몸이 갈가리 찢겨도

천둥 번갯불에
내 기억 앗아가도
마음속 깊이
남아 있는 그대

나는 당신을 위하여
순결한 여인의 핏빛 같은 꽃으로
피었습니다.

제목 : 동백꽃 사랑
시낭송 : 최명자
스마트폰으로 QR 코드를 스캔하면
시낭송을 감상할 수 있습니다.

# 비우는 연습

이별의 시간
기억의 지난 곳간에
차곡차곡 쌓여

사랑하지 못하여
욕심의 그릇 채우려고
미워하던 많은 날

비우고 내려놓지 못해
괴로워하며
고통의 찌꺼기 되어

때가 늦었지만
작은 것부터 내려놓고
베풀고 나누어 감사하며

가슴에 웃음 가득 피워
겸허한 마음으로
욕심 버리면 행복하다.

# 새해의 소망

하나님 새해에는
기도로 새벽을 열고

십자가 사랑으로
온몸을 내어주신 주님께

믿음과 사랑 은혜와 감사
새해의 소망을 드려요

하나님 새해에는
무릎 꿇고 기도하며
기쁜 찬송을 드리고

아픔 가득한 세상
나눔과 섬김으로 치유 받는
빛의 자녀가 되길 소원합니다

선물로 주신 새해에도
깨끗한 마음으로 드리는 기도

기쁨과 사랑

정성과 감사 예물로

저의 마음 주님께 드립니다.

# 새해에는

희망의 붉은 해 솟아오르고
감격한 마음으로
드리는 기도

새해에는
기쁨으로 가득 찬
감사하는 한 해가 되게 하시고

예쁜 꽃으로
열매 맺게 하시며
비우고 내려놓아 거두게 하여

긍정의 삶을 살고
겸손한 마음으로 훈련을 하며

감사하는 일
진정한 행복임을
깨달아 알게 하소서.

# 재의 수요일

사순절 시작되는
재의 수요일
우리 죄 대신 지고 십자가 지신

예수님의 고난을 묵상하면서
피 묻은 십자가 생각합니다

눈물로 기도해도
갚을 수 없는 그 큰사랑
드릴 것 없어 눈물만 드립니다

수 없는 죄와 허물 아픈 상처
치유하여 주시길 기다리며

머리에 재 뿌리고
참회의 기도 용서와 사랑

감사 찬송, 부르며
회개의 기도 주님께 올리며
드릴 것 없어 눈물만 드립니다.

제4부 동백꽃 사랑

# 눈꽃이 피면

눈이 내리는 날
푸른 소나무
흰옷으로 갈아입고
꽃이 피었습니다

벌거벗은 겨울나무
흰 눈 내려 옷 입으니
이 세상 어떤 꽃보다
눈꽃만 하오리까

나뭇가지 가지마다
하얗게 피어
온 세상 아름다운
꽃으로 가득하다.

# 목화

추운 겨울
모진 풍랑 맞으며
순결하게 피어난 꽃

꽃봉오리
알차게 영글어가는
아름답게 솟아난 꽃

너 품은 씨는
기름으로 승화시켜
피를 춤추게 하고

너 토한 솜은
이불로 장식하여
삶의 노래 부르리라

# 어머니의 밥상

기록적인 한파가
옷 속을 파고드는 찬 바람에
몸은 더욱 움츠러들고

어슴푸레한 저녁
귀갓길 잰걸음으로
피곤한 몸을 이끌고
대문을 들어서니

구수한 된장찌개
식욕 돋우는 갖가지 음식들이
한 상 가득 차려져 있는

저녁 밥상은 가족을 위해
사랑과 섬김 정성으로 빚은
어머니가 그린 작품이다.

# 산사의 전경

눈으로 덮인 산사
휑하니 부는 바람
서늘하지만

어디선가
들리는 풍경 소리
은은하게 퍼지고

한 방울씩
똑똑 떨어지는 물방울
바위 뚫는 소리에
마음 청소 기도로 곱게 하리라.

# 아쉬운 미련

갈매기 날아가는
겨울 바다
하얀 눈 꽃잎처럼 내리고


멈출 줄 모르고
가버린 세월
가슴을 파고드는 외로움


스치고 지난
바람 같은 사랑아
아프고 쓰라린 마음


고적한 날
슬픈 사랑 애달픈 미련도
저 바다에 띄운다.

# 헌신의 사랑

아름다운 장미는
가시가 생명
고귀함과 추함
한 몸에 존재한다

행복과 불행
한 장소에 살고
꽃동네를 빛내고
오염된 도시 무너진다

나누는 정 쌓아
세상 속에 등불로

빛과 소금같이
베풀고 살아가는
헌신의 사랑이 곱다.

## 소중한 선물

오늘 하루는
어제 죽은 이들이
갈망하던 소중한 선물

파릇한 희망 담아
시간 아끼고
긍정의 삶 살아

숨 쉬고 걸을 수 있음이
기쁘고 감사하여
따뜻한 사랑 실천하고

세상에 빛과 소금처럼
순리의 길 따라
그러면 좋겠습니다.

# 감사하는 마음

감사는
마음의 감격
희망으로 내려앉아
행복으로 채우고

저절로
되는 것이 아니라
마음의 습관이며 훈련이다

나무처럼 심고 열매 맺어
한 해의 시작일 때
감사의 자리로 돌아가면
세상이 달리 보여

내가 나에게
긍정의 삶을 살고
누구를 만나도 평안을 준다.

# 제5부 사색의 길

덧없이 흘러가는
멀고 먼 사색의 길

아! 그리움 속으로
또 빠져 간다.

# 그리운 사람아

햇살 드리운 창가에 앉아
차 한잔할 때면

돌아올 수 없는 길 떠나갔음에도
떠오르는 임

온 천지에 고운 꽃들이
내 마음처럼 가득하건만
아직도 바보처럼 생각하네

고독과 흐르는 세월이
수 없이 지나갔음에도
채워지지 않을 허전한 마음뿐

그리운 사람아
사무치는 그리움
죽은 후에나 잊히려나
차 한잔에 목메네.

제목 : 그리운 사람아
시낭송 : 박순애
스마트폰으로 QR 코드를 스캔하면
시낭송을 감상할 수 있습니다.

# 사랑의 하모니

아스라이 멀어진
내 기억 창고에는

소중히 간직해 온
사랑의 하모니

타닥타닥
타들어 가는 장작불
아름다운 사랑아

보고 또 봐도 향기롭고
새로운 고운 당신
세련된 모습

편안함이 어우러지는
그런 멋진 사람
그래야 아름답습니다.

# 친정어머니

가을 하늘
푸르고 시리도록 고와
깊은 상념에 빠져간다

친정에 머물다가
"엄마! 나 서울 집에 가요"
소리를 듣자마자

와상 노인은 벌떡 일어나
"지금 가면 언제 또 오냐" 하시며
소리 내어 우시는 어머니

행주치마 시린 손
한평생 자식, 위해 다 바치시고
깊게 펜 주름살 마디마다
정결하고 깔끔하던
임의 모습은 간 곳 없고

오랜 지병을 지키며
대 소변을 묵묵히 받아내는 동생에게
죄인처럼 미안한 마음이라
고개 들지 못한 채

친정집 대문을 나서며
하염없이 흐르는 눈물에
아무 말도 할 수 없었다.

# 추모 시 詩

시리도록 파랗던
그해 가을도

서럽게 울던
하늘 무너져 내린
시월 어느 날

샛노란 은행잎
바람에 흩뿌리고
슬픈 그리움

가을바람 머물면
마음속 그대를
지우지 못해

머나먼 그 길을
홀로 쓸쓸히
어둠 속 저 멀리에

아프게 서 있는
환영(幻影) 같은 너
이젠 지우고 싶다.

# 백지의 그림

나의 사랑 그대여
초록의 향기
가득히 머금고

하늬바람 앞세우고
구름 타고 두둥실
사뿐사뿐 오소서

석양이 물들 때
그대 오시면
맨발로 뛰어나가

외로웠던 마음
서러움 훌훌 벗고

새롭게 시작하는
백지의 그림
그대와 그리리라.

# 갈잎의 편지

어스름 저녁
가을비는 촉촉하게 젖은
그리움으로 내리는 날

애달프고도 가슴 아린
그대와 나의 사랑
오늘은 낙엽 밟으며
그리움의 편지를 써요

숲길에 피어 있는
구절초 향기가
더욱 그리운 날에는

상수리나무 아래
벤치에 앉아 보니
그렇게 고운 단풍잎이
낙엽 되어 떨어져 우네요

아! 나는 언제나 그랬듯이
당신이 그리운 날은
갈잎에다가 내 마음 실어 보내는
눈물의 편지를 써요.

# 동백 아가씨

남해안
인적없는 섬마을에는
타는 듯 붉은 입술

멍울져 피어나는
예쁜 아가씨

철썩이는 파도 소리
들려오면은

수평선 저 너머에
살고 계시는

그리운 임의 창가
사랑의 고운 연서
전해달라고

붉은 눈물 흘리며
애절하게 서 있는
동백 아가씨

113

# 가을 연애

십일월
어느 슬프도록 아름다운 날
찬비 내리고 난 후
스산한 바람 옷깃 여미게 하며

가을 왔는가 싶으면
어느새 추운 겨울
샛노란 은행잎 주단을 깔고
속삭이는 밀어로
아름다운 가을 연애

살랑거리는 갈잎
마음 앗아가고
이름 모르는 들꽃 향기
코끝에 스며들면

파란 하늘 벗 삼아 수채화 같은
자연에 취해 향기 취해
은행잎이 곱게 지는 날
아름다운 가을 연애

# 아버지 2

눈에 넣어도
아프지 않을 소중한
내 딸아

그분의 목소리
들리는 듯

가슴 깊이
사랑하신 그 마음
이제 알 것 같습니다

다함 없이
받은 사랑
셀 수 없기에

불효했던 생각
가슴 먹먹함에
눈시울만 뜨겁게 달아

아버지 뵙고 싶어
깊은 속울음
눈물로 참회합니다.

# 새로운 희망

어렵고 힘든 일
어제의 바닷물에 휩쓸려
지나가 버리며

찌르던 가시의 아픔도
하늘 무너질 것 같은 일도
냇물에 흘러가고

깨끗한 새벽
하얀 도화지에
새 그림 그리듯이

내 삶의 그림도
새로운 마음으로
곱게 그려 넣으리라.

# 박꽃의 사랑

강에서 부는 바람 소리
아련히 밀려오는 그리움

마음에 비가 내린
슬픈 눈물이
순결하고 하얀 박꽃으로 피어나

젖은 눈으로 바라보는
노을빛 사랑은 아름답다

그렇게 사랑하던
임은 어디 두고
가슴 속에 묻어 둔 아픈 눈물

강바람 산바람 타고
그리운 마음 잠재우지 못하고
강물 따라 흐른다.

# 그리움으로

그리운 창가 마음 깊은 곳
당신을 위해 촛불 하나
환하게 밝히겠어요

얼마나 그리워지고 보고 싶은지
비 오면 좋아하고
눈 오면 기뻐하던 당신 생각

울고 싶어지고 보고 싶어도
그리워도 아파도
만날 수 없는 이 아픔 아실까요

영원히 꺼지지 않을
그리움으로 밝히는 촛불
당신 마음으로 찾아갈까요.

# 바람이 부는 날

바람이 부는 날
그대가 그립습니다

삶이 고단하면
그대 어김없이
내 마음에 찾아옵니다

외롭고 서러우면
잊히지 않아
강물 같은 세월 흘러도

내 가슴 속 타는
그리움으로 남아
보고 싶다고

하늘에 외쳐 불러도
대답 없는 메아리

눈물 젖어 흘러요
당신 향한 갈증
쓰라린 사랑입니다.

# 부부의 이름

당신과 나
끈끈한 정을 엮어
맺은 세월 하늘의 인연

태산 같은 시련
앞길 막을 때
눈물로 지새웠는데

숱한 고난을 지나
중년의 고비 길
시린 바람 몰아쳐도
발걸음만 동동

사랑이라는 이름
애증의 세월
머리에 하얀 서리
찬 서리 내려

자식 낳아 키우며
희로애락을 함께
살아온 애틋한 날입니다.

# 하나님의 손길

우리는 때로 이유도 모른 채
어려움에 내던져 헤매지만
고난의 이면에는

우리를 성숙시키고
더 큰 승리를 주시려는
하나님의 숨은 의도가 있다

고난의 뒤에는 은혜가 있고
하나님의 시선으로
상황을 바라보면

분명히 짐작하지 못했던
큰 그림 그리시는
하나님의 손길이다

언제나 우리를 위해
가장 좋은 것을 준비하시는
하나님 은총의 손길이 있다.

# 비 내리는 날

오늘처럼
비 내리는 날
잊을 수 없는 사람

이렇게도
많은 비가 쏟아지면
타는 그리움 되새기고

눅눅한 날씨
장대같이 내리는 빗줄기
흘러가는 물소리
쏟아지는 폭우 속

수많은 세월
흘러, 흘러갔어도
그 사람 보고 싶다

애절하게
가슴의 그리움
마음 속 머물러 있다.

# 사색의 길

살아온 긴 세월
서럽고 힘든 눈물
지친 걸음에

까맣게 내려앉은
하늘 속
반짝이는 별들이
길동무하고

외로움에 졸며
아스라이 떠오른
기억 속으로 여행 간다

사무치게 그리운 임
황망하게 떠나고
고적한 마음 둘 곳 없어

덧없이 흘러가는
멀고 먼 사색의 길

아! 그리움 속으로
또 빠져간다.

# 가을바람

솔숲 사이에 핀
청순한 구절초의
그윽한 향기

아프고 깊었던
흉터 남긴 여름을

또다시 잊힌
계절 속에 묻어버리는
가을의 바람

옷깃 속에 파고들어
스산한 마음
내려놓게 하고

떨어지는 단풍잎으로
고운 옷 만들어
입혀주려무나

# 새해의 기도

찬란히 떠오르는 아침 햇살은
기쁨과 감사로 벅차오르고
주님이 계신 곳은 빛이 옵니다

이른 봄 오는 길 강둑에 서서
나라와 민족을 위하여
쓰라린 아픈 마음 내려놓으며

맑은 영혼에서 우러나오는
나라의 안녕을 기도합니다

달력에 빼곡한 삼백예순날
날마다 기쁘고, 복이 되도록
생명의 하나님 동행하소서

신년에 대한 기대와 소망은
영혼과 육신이 건강하기를
경건한 마음으로 기도합니다

하늘의 지혜와 은혜 구하는
겸허한 마음으로
언제나 말씀을 묵상하며
하늘나라 소망 두고 살게 하소서.

# 당신은 바람

세월 따라 사라진
당신이 그리워
나는 울었다

주위를 맴돌며
옷깃 속 여미듯
찬 바람 불고

단풍잎 흐트러지는
겨울 오는 길목

구름처럼 떠나버린
바람과의 사랑

곱게 다진 모래성
허물어질 것도 잊은 채
쌓아 올렸으나

행복했던 세월
피면 지는 꽃잎처럼
그 사랑과 더불어 시들어간다.

# 땅은 어머니

낮고 낮은 곳에서
길고 긴 겨울 동안
몸은 얼고

온갖 힘에 밟혀도
따스한 가슴 품어
생명을 잉태하듯

마침내 봄소식에
새싹이 자라도록
정성을 다하는

위대한 어머니의
사랑스러운 이 땅에서
춤추는 꽃잎들이

미래를 향해
뻗어가는 줄기마다
행복이 해맑게 열리고 있다.

# 오월은 간다

## 서현숙 제2시집

2021년 6월 11일 초판 1쇄
2021년 6월 15일 발행
지 은 이 : 서현숙
펴 낸 이 : 김락호
디자인 편집 : 이은희
기 획 : 시사랑음악사랑
연 락 처 : 1899-1341
홈페이지 주소 : www.poemmusic.net
E-Mail : poemarts@hanmail.net

정가 : 10,000원
ISBN : 979-11-6284-287-4